POÉSIES.

POÉSIES.

CHANSONS.

Ton cœur les dicta.
Le mien les recueillit.

O*******

BORDEAUX.

IMPRIMERIE DE LAVIGNE.

FOSSÉS DE L'INTENDANCE. 15.

—

1842.

1843

POESIES

A - PROPOS.

SUITE A LA CHANSON

DU BRILLANT ÉPICIER MARCHAND D'ANCHOIS.

Une femme d'esprit, dit-on,
Aime beaucoup cette chanson ;
Elle aime encor, de préférence,
Pour son salut, par abstinence,
De ce poisson le meilleur choix :
Ah ! qu'elle prenne mon anchois.

Je n'en ai qu'un, c'est un malheur;
Mais à l'offrir je mets mon cœur.
D'une dévote si parfaite
Que l'on m'enseigne la retraite,
Je vais, en chevalier courtois,
Vite, lui porter mon anchois.

Elle me doit, en vérité,
Pour sa grosseur, pour sa beauté,
Sur ce marchand, sur sa boutique,
Sur son poisson, que l'on trafique,
La préférence, et, sur ma foi,
J'offre, sans vendre, mon anchois.

Ce dernier trait l'étonnera,
La séduira, l'emportera :
Car, dans ce monde mercenaire,
On vend jusques à la prière ;
Rien ne se donne, et quelquefois
On paye cher un pauvre anchois.

Le plus menteur des perroquets
Est bien l'auteur de ces couplets ;
Il a beau garder l'anonyme
Et se vanter faire la rime,
On reconnaît, rien qu'à sa voix,
Qu'il n'eut jamais un seul anchois.

Ah ! messieurs, je vous vois frémir
Du danger que vient de courir
Cette personne respectable,
Qui, de ce mets si délectable,
Aurait pu croire du matois,
Pour son salut, goûter l'anchois.

Mais le perroquet indiscret
Me dit tout bas, en grand secret :
Allez, messieurs ! *elle* est jolie,
Consolez bien dame ******;
Courez, sans vous mettre aux abois,
Et gardez-nous quelques anchois.

Car ici-bas, sachez-le bien,
Sans être grand théologien :
Dieu, pour le salut de nos âmes,
Et pour le bonheur de nos dames,
De ce régime veut l'emploi :
Il a béni tous les anchois.

30 mars 1841.

A-PROPOS

SUR LES MOTS DONNÉS :

JE N'AI PAS DE REFRAIN.

A MON AMIE A***.

Allons, rions; allons, chantons,
C'est mon désir, c'est ma folie;
Rien ne vaut mieux dans cette vie.
Par ce moyen nous chasserons
De la douleur les noirs démons.
Mais me voilà bien interdite;
Car la chanson qui met en train,
Il lui faut toujours la redite,
Et je n'ai pas un seul refrain.

J'ai beau chercher et rechercher,
Et devenir bien réfléchie,
Ma verve est toute refroidie.
Moi, qui voulais rire et chanter....
Muses, venez pour m'inspirer !
Mais rien ne vient : les immortelles
N'ont nul souci de mon chagrin ;
Je m'en doutais : ces demoiselles,
Pour ma chanson, ne feraient rien ;.
Je reste encor sans un refrain.

Vous le voyez, il faut finir,
Faute d'avoir en ma puissance
Un petit brin de la science,
Qui fait qu'on peut se réjouir
A son envie, à son loisir.
Au lieu de chanter et de rire,
Il faut encor mettre à demain
Et ma chanson et mon délire ;
Grand Dieu ! c'est un cruel destin
D'en rester là pour un refrain.

1.er avril 1841.

LE NOMBRE TROIS.

A MON AMIE ******,

QUI ME DEMANDAIT TROIS PETITS COUPLETS.

Reprends ton luth, le voilà qui sommeille ;
Bien doucement ranime son essor.
Il m'en faut peu, mais enfin mon oreille
De trois couplets veut entendre l'accord.
Au nombre trois, ma lyre frémissante
A répondu d'un air presque inspiré ;
Je vais tâcher d'être bien complaisante :
Le nombre trois est un nombre sacré.

De la puissance il est le saint emblème ;
La Trinité fut la foi du croyant ;

Et les trois sœurs, de leur grâce suprême,
Animent tout d'un charme ravissant.
L'Amour aussi de leur gaze légère
Gagne toujours à voiler son flambeau.
Ce nombre trois exerce sur la terre,
De tous pouvoirs, le pouvoir le plus beau.

Les trois grands jours sont marqués dans l'histoire ;
Les trois vertus nous mèneront aux cieux ;
Le franc-maçon, dans son pieux grimoire,
Donne aux trois coups un sens mystérieux.
Ce nombre, enfin, de sa force agissante,
Commande et fait tant de choses, je vois,
Que je ne puis, quoique bien complaisante,
Aller plus loin sans en perdre la voix.

4 avril 1841.

LA FLUTE.

CHANTÉE LE 12 AVRIL A UN DINER CHEZ Mme *****.

Presque muet, les cordes affaissées,
Mon faible luth ne sait plus m'obéir ;
Pour trois couplets ses forces épuisées
Me l'ont laissé sans voix, prêt à mourir.
Mais, pour le chant si le ciel me destine,
Il me faut bien par prudence changer,
Et désormais sur la flûte divine
Je veux toujours m'égayer et chanter.

D'un dieu jadis elle fut l'interprète,
Elle charma ses amoureux ennuis,
Et chaque soir, au loin, sous la coudrette,
Jolis minois venaient, à petit bruit ;

Il redoublait ses accords, ses cadences,
Et tour-à-tour, en les faisant danser,
Ce dieu si triste oubliait ses souffrances,
Et ses pipeaux pouvaient toujours chanter.

Dans l'oasis où je cache ma vie,
Je ne crois pas que de si noirs chagrins
Viennent jamais, de la part de l'envie,
Me visiter et changer mes destins;
Mais prudemment cette flûte sacrée
Je ne veux point un moment la quitter,
Puisque d'un dieu la douleur acérée
A pu s'enfuir en l'écoutant chanter.

Pour l'amitié la belle enchanteresse
Connaît aussi les plus tendres accords,
Et du champagne elle vante l'ivresse :
J'ai là, ma foi, le plus beau des trésors.
A ce repas que nous offre ******
Elle a voulu que nous chantions en chœur :
A la santé de ma charmante amie !
Aux gais pipeaux qui charmeront son cœur !

8 avril 1841.

MON PROJET DE PHILOSOPHIE.

Le monde à nous séduire
        Est prompt ;
Mais , pressé de détruire ,
        Il rompt
Le prisme d'espérance ,
        Du cœur.
Ah ! fuyons sa présence ,
        J'ai peur.

Mais l'âme trop aimante
        Qui fuit ,
Dans sa course tremblante
        Gémit ,
En voyant de la vie
        Les fleurs
Une à une flétrie
        De pleurs.

Les sages de la Grèce,
    Toujours,
Pour charmer la tristesse
    Des jours,
Prenaient de la folie
    Le grain,
Qui fait que tout s'oublie
    Soudain.

Que c'étaient de grands sages,
    Ma foi!
Oui, je prends leurs usages
    Pour loi ;
Car la mort peut, sur l'heure,
    Venir,
Et moi de ma demeure
    Partir.

8 avril 1844.

PLANTER.

Planter est un mot tout puissant ;
Sans lui que serait la nature ?
Adieu son charme ravissant,
Pour nos jardins plus de parure ;
Plus de nectar dans nos flacons,
Plus de fleurons pour notre gloire :
Tout le proclame, et les grands noms
L'ont consacré dans leur histoire.

Boileau, ce maître vénéré
Et du poëte et du Parnasse,
A , par son vers bien épuré,
Au premier rang marqué sa place.
Mais qui lui valut du burin
Le plus beau trait qui fit sa gloire ?
C'est d'avoir *planté* le Lutrin ;
Nous l'admirons dans son histoire.

Rousseau, qui fait rêver les cœurs
Sous le feuillage de *Julie*,
Fertilisa nos grands auteurs :
Byron, *René* lui doit la vie ;
Mais, sans compter tout le laurier
Qu'on a tressé pour tant de gloire,
Rousseau *planta* son beau rosier,
Et cette fleur vit dans l'histoire.

Sans feuilleter tous les héros
Inscrits sur nos sublimes pages,
Voyez la France sur les flots
Courir, voler vers d'autres plages !
Et là le jeune Garderen,
Par sa bravoure et pour sa gloire,
Planta sur le sol africain
Le saint drapeau de la victoire.

Enfin, qui n'a pas dans ses jours
De ce mot-là l'heureuse place
Et ne retrouve, en ses amours,
Un souvenir qui le retrace !
Planter mes fleurs va désormais
S'unir à toute mon histoire,
En les cueillant je me dirai :
Il m'aime encor, voilà ma gloire !

10 avril 1841.

L'ESPÉRANCE ET BÉRANGER.

Le monde toujours se déchaîne ;
Ah ! que de cris, que de clameurs,
Qui travaillent l'espèce humaine,
La livrent à d'éternels malheurs !
L'art dépérit : sa décadence
Va dans la nuit nous replonger.
Courage ! il reste l'espérance,
Notre soleil et Béranger !

La Bible attend un Michel-Ange,
Et l'Évangile un Raphaël.
Vierges, adieu : plus un seul ange,
Plus de tableaux pour notre autel !
Du Corrége la transparence,
Nos peintres semblent l'oublier ;
Mais il nous reste l'espérance
Et les pinceaux de Béranger.

Du Dante, sur les flots des âges,
On verra toujours les écrits;
Qui lui dicta ces belles pages?
Ce fut l'amour de Béatrix.
La femme n'a plus d'influence;
La foi s'en va.... mais, sans fronder,
Que deviendrait mon espérance
Sans les doux chants de Béranger?

On dit tout haut beaucoup de choses
Sur nos grands hommes, sur l'État;
Mais de ces faits mes lèvres closes
Par goût respectent le débat.
Quand on pleure l'indépendance,
Sans me permettre d'en juger,
Je me souviens de l'espérance,
Du cœur si fier de Béranger.

On dit encor : L'Académie
Manque d'ensemble et d'unité;
Et de la France le génie
Se meurt! on me l'a répété.
De ces prêtres de la science
Qu'on me permette de douter,
Et de garder mon espérance,
Puisque sans eux j'ai Béranger.

16 avril 1841.

A BÉRANGER.

(Elle lui fut envoyée le 15 mai 1844. Sa réponse est du 26.)

Grand chansonnier, que j'aime ton génie,
Ton noble cœur et tes vers immortels!
Barde divin, tu chantas la patrie;
Ah! pour ton nom quel culte, quels autels!
Quand résonna, sur ta lyre inspirée,
L'amour du beau, qui débordait ton cœur,
Par tes accens la France réveillée
Te salua comme un dieu rédempteur.

Vois! dans tes mains la plume d'un Tacite
Frappe et flétrit l'empire des faux dieux;
De tout pouvoir tu marquas la limite;
Tu censuras le maître ambitieux,

Et ces vieux rois, par ton brûlant sarcasme,
Virent sur eux tomber honte et mépris ;
Tu fis grandir le culte et l'enthousiasme
Pour le drapeau que pleuraient les proscrits.

Pour l'aigle altier si ta lyre muette
Resta sans voix devant tant de grandeur,
Elle eut des chants que nul autre poète
Ne sut trouver à l'heure du malheur.
Tes fiers accens, maudissant l'esclavage,
Font tressaillir les peuples à ta voix ;
Et les échos rediront, d'âge en âge,
Que tes chansons firent pâlir les rois.

Sans oublier ta sublime colère,
Tu nous instruis en modulant tes sons.
Plein de l'esprit de la Bible et d'Homère,
Rien n'est plus pur, plus beau que tes chansons.
Le peuple apprend cette douce morale,
Le peuple sait vénérer tes héros,
Et, par l'espoir, ta Muse nationale
Console encor la France de ses maux.

Le croira-t-on ? comme un autre Therpandre,
Son luth joyeux, pour ses chants innovés,
Fut interdit..... Il aurait pu se vendre.....
Il proclama nos saintes libertés !

Tant de grandeur irrita leur délire,
On arracha le travail de ses mains,
Et, n'ayant plus que ses chants et sa lyre,
Il se vengea par d'immortels refrains.

Puis, d'Epicure, amant des plus fidèles,
Se couronnant de myrthes et de fleurs,
Il sut chanter et le vin et les belles,
Et du méchant pardonner les erreurs.
En savourant cette philosophie,
Il égalait d'Horace les doux chants,
Et, comme lui, se berçant d'harmonie,
Lançait des traits aux vices de nos grands.

Et puis, enfin, quand l'airain marqua l'heure
Du grand soleil qui sut mûrir le fruit,
Et que, voyant la royale demeure
Vide d'abus, il s'éloigna sans bruit ;
Ce fut en vain que le nouveau Mécène
Par son manteau voulut le retenir :
« *Toute faveur est toujours une chaîne ;*
» *Non,* répond-il, *libre je veux mourir !* »

L'antiquité couronna ses poètes
Et consacra le marbre à leurs vertus ;
Mais Béranger, n'ayant que les miettes
De l'or qu'il faut pour être des élus,

Ne peut donner dans l'urne de la France
Le vote saint qui défendrait nos droits.
Où sont les fruits de l'arbre d'espérance
Qui fleurissaient sous sa puissante voix ?

Mais le progrès, cette loi si puissante,
Que chaque siècle a voulu retenir,
Va, renversant, dans sa marche constante.
Principes, rois, retardant l'avenir.
Et l'heure vient, la voilà qui s'apprête,
Où les mortels formeront un seul chœur.
O Béranger ! tu préparas la fête :
A toi le temple, et la palme, et l'honneur !

21 avril 1841.

IMPROVISATION DE M. N***,

APRES LA LECTURE

DE MA CHANSON A BÉRANGER.

Tes vers charmans à l'illustre poète,
A Béranger que j'admire toujours,
Ont réveillé ma Muse, en sa retraite,
Et fait encor reluire mes beaux jours.
Au médecin, poète et philosophe,
Ta poésie inspire de l'amour ;
Mais ce n'est pas pour moi que le four chauffe
Dans la rue Chaufour.

27 avril 1844.

RÉPONSE

De l'à-propos ta Muse est l'interprète,
Et sous tes doigts naissent les vers heureux.
Grâce à ton art, le succès du poète
A flamboyé tout un jour à mes yeux.
Mais, cher docteur, poète et philosophe,
Quand j'ai voulu te chanter à mon tour,
Tout m'a manqué... Ah! c'est pour toi que chauffe
      Des Muses le beau four.

De l'ambitieux si j'ai fait le beau rêve,
De mon erreur il faut me pardonner :
Ne suis-je pas une des filles d'Ève,
Qu'un peu d'encens peut toujours enivrer ?

Ah ! cher docteur, poète et philosophe ,
Rester sans voix est bien pire en ce jour ;
Mais crois mon cœur, va, c'est pour toi que chauffe
De l'amitié le four.

28 avril 1841.

ALLUSION A SA CHANSON DE

RATAPLAN, TAMBOUR BATTANT,

ET A SON ÉPITRE

SUR LA CONVALESCENCE.

Dans mon ardeur remontant sur Pégase
Et m'élançant jusqu'au sacré vallon,
Muses, voyez le désir qui m'embrase :
Oui, pour N*** je veux une chanson.
Mais à ce nom les Muses palpitantes
Du saint laurier m'ont remis une fleur,
En me disant, de leurs voix enivrantes :
Au philosophe ! au poète ! au docteur !

De ton *Tambour* les belles immortelles
Aiment le son énergique et ronflant ;
Rien n'est plus beau , pour ces doctes pucelles ,
Que ta morale et ton stoïque chant.
Avec amour , les Muses frémissantes ,
Du saint laurier m'ayant remis la fleur ,
Disaient encor de leur voix caressante :
Au philosophe ! au poète ! au docteur !

Elles m'ont dit que ta *Convalescence*
Avait séduit le dieu du double mont ,
Et que tes vers avaient la préférence
Sur maints auteurs dont on vante le nom.
Avec plaisir les Muses souriantes
Me répétaient cet éloge flatteur ,
Et redisaient , de leur voix caressante :
Au philosophe ! au poète , au docteur !

Elles m'ont dit : Pour le docteur aimable
Qui sait guérir et faire de beaux vers ,
Aux malheureux est toujours secourable ,
Chante bien haut , nous aimons tes concerts !
Avec transport les Muses palpitantes
Ont aussitôt mêlé leurs chants en chœur
Et répété de leurs voix enivrantes :
A toi salut ! ô poète ! ô docteur !

6 mai 1841.

A PROPOS

D'UNE PETITE HISTOIRE SCANDALEUSE.

Un grand amateur de jardin
Était jadis mon près voisin ;
Il aimait tant l'horticulture,
Oh! que jamais dame Nature,
Malgré Tournefort et Jussieux,
N'eut un amant si chaleureux.
Il avait soif de chaque fleur nouvelle,
Et ce grand besoin lui tournait la cervelle ;
Oui , vraiment , lui tournait la cervelle.

Qu'il a raison le grand Broussais !
Les bosses ont bien leurs effets ;

Car , du couchant jusqu'à l'aurore ,
Y compris monsieur Roquelaure ,
Jamais on ne vit si grand nez ,
Si bosselé.... Mais écoutez :
Quand il sentait petite fleur nouvelle ,
Son diable de nez lui tournait la cervelle ,
Oui , vraiment , lui tournait la cervelle.

Mais un beau jour , dès le matin ,
Se présente chez mon voisin
Un colporteur de la science ,
Se dévouant , par obligeance ,
A lui vendre certaine fleur
Très-rare !.... disait l'enjôleur.
Tout aussitôt , pour cette fleur nouvelle ,
Son diable de nez lui tourna la cervelle ,
Oui , vraiment , lui tourna la cervelle.

Mon amateur court , et bientôt ,
Voyant la fleur , s'écrie : Oh ! oh !
Vite , donnez-moi la charmante ;
Que son odeur est enivrante !....
Et puis , surtout , vous m'assurez
Que personne n'y mit le nez ?....
Prenez mon or pour cette fleur nouvelle.
Ah ! vite ! donnez ; j'en perdrai la cervelle ,
Oui , vraiment , j'en perdrai la cervelle.

Mais, ô malheur ! dans l'univers,
Chaque chose a bien son revers :
Lisez le voyageur Christophe ;
Voyez d'Ève la catastrophe ;
Voyez surtout rois et seigneurs
Ayant aimé beaucoup les fleurs.
Puis, devinez qu'a fait la fleur nouvelle
Au pauvre amateur qui perdait la cervelle ?.....
Oui, vraiment, qui perdait la cervelle.

12 mai 1841.

A LUI.

Viens, ô mon luth! les ailes du mystère
Couvrent mes chants et les tendres accords.
Viens, le ciel pur et la brise légère
Entendront seuls mes amoureux transports.
Quel changement!... de ma coupe tarie
S'échappe à flots l'enivrante liqueur,
Et, chaque jour, le fleuve de la vie
Va reflétant un rayon de bonheur!

Lieux enchanteurs, ravissante retraite,
Où se répand l'amour et nos désirs,
Où chaque fleur à mon ame répète
L'hymne d'amour.... Enivrans souvenirs!
Je sens partout le feu qui vivifie
Me pénétrer de sa brûlante ardeur,
Et, chaque jour, au fleuve de la vie
Je vois grandir un rayon de bonheur!

Je l'ai donc vu s'accomplir sur la terre
Ce rêve heureux qui me venait du ciel !
Et de l'amour, ineffable mystère,
J'ai savouré le nectar immortel.
Tout s'embellit, me berce d'harmonie ;
A moi toujours l'empire de son cœur !
Coulez, coulez, beau fleuve de la vie,
Vous reflétez un rayon de bonheur !

Monde cruel, toujours puissant à nuire,
Tout mon bonheur échappe à ton pouvoir !
De loin j'entends ta voix qui sait maudire,
Sans qu'elle puisse altérer un beau soir.
Non, tu ne peux, dans mon âme ravie,
Troubler la paix et son calme enchanteur,
Et, chaque jour, au fleuve de la vie
Je vois briller un rayon de bonheur !

Le temps jaloux, dans sa course rapide,
Passe léger sur mon front couronné ;
Mais si demain il marquait une ride,
Oui, par mon cœur il sera pardonné.
Ah ! que ne puis-je, au gré de mon envie,
Le retenir comme un dieu bienfaiteur,
Tant que pour moi le fleuve de la vie
Reflétera ce rayon de bonheur !

19 mai 1841.

LE VOYAGE.

Sur mon front j'ai senti trembler
Ma couronne de bien-aimée ;
A mes yeux vient de se voiler
Le rayon qui m'avait charmée.
Qui donc ainsi touche au destin ,
M'envoie , hélas ! triste présage ?
Faut-il déjà dire : Demain
Pour moi s'apprête le voyage ?

Oui , les serres de la douleur
Semblent déchirer ma poitrine ;
En vain la main de mon docteur
A bien fouillé dans sa doctrine ;
Malgré son art , il ne peut rien ,
Et j'entrevois le noir rivage.
De grâce , encore un lendemain !
O ciel ! ajournez mon voyage !

Cygne d'un jour, j'ai contemplé
De l'existence l'harmonie ;
Cygne d'un jour, j'ai centuplé
Les chants suaves de la vie.
Mais, hélas ! ô fatal destin !
Un souffle emporte mon plumage ;
L'ardent rayon tremble, s'éteint :
Me faut-il faire le voyage ?

Eh quoi ! tout l'amour de mon cœur
Ne peut lutter contre la parque !
Elle, toucher à mon bonheur,
Et sur mon front sentir sa marque !
Rapproche-moi près de ton sein ;
Là, qui pourrait me faire outrage ?
La mort fuira de mon Éden
Sans m'entraîner dans son voyage.

Vois, le rayon monte, grandit,
Et sous mes doigts chante ma lyre ;
Le mieux revient, la douleur fuit,
Par ton amour je vais revivre.
Oh ! revenez, mon ciel serein !
Je suis si bien sous mon feuillage !
Donnez, donnez un lendemain ;
Plus tard je ferai le voyage.

27 mai 1841.

A MON AMIE ******,

QUI ME PRESSAIT DE LUI DONNER MES CHANSONS.

Votre sort est digne d'envie,
Chansons qui me devez le jour !
On vous recherche , on vous convie ;
Tant d'autres meurent sans amour !
Bénissez vos destins prospères ,
Inspirez-vous du plus doux chant.
Allez , allez , chansons légères ,
C'est l'amitié qui vous attend.

Voyez , sur des mers sans rivage ,
L'esquif au milieu de la nuit :
Il cherche en vain l'heureuse plage
D'un bien dont l'instinct nous poursuit.

Pour lui faisons douces prières,
Le ciel peut-être nous entend ;
Et puis allez, chansons légères,
Vers l'amitié, qui vous attend.

Courage ! à l'horizon s'élève
Le disque brillant de l'espoir ;
L'esquif, que la vague soulève,
Pourra bientôt l'apercevoir.
Pour lui redoublons nos prières,
Le ciel peut-être nous entend ;
Et puis volez, chansons légères,
Vers l'amitié, qui vous attend.

Quand sur le front de mon amie
Passera l'aile du chagrin,
Tout bas, à cette sœur chérie,
Demandez ce qui m'en revient.
Et chaque jour à mes prières
Unissez-vous par un doux chant ;
Partez, volez, chansons légères,
Chez l'amitié, qui vous attend.

29 mai 1841.

POUR ANGÈLE,

EN LUI OFFRANT UNE COURONNE DE FLEURS,

LE JOUR DE L'ANNIVERSAIRE DE SA NAISSANCE.

14 juin 1841.

Salut, enfant ! le temps ramène l'heure
Où s'alluma le flambeau de tes jours ;
Et près des tiens, au sein de ta demeure,
Je viens chanter, Angèle, leurs amours.
J'ai pour ton front choisi fleurs printanières,
Et m'écriais, en tressant leurs couleurs :
Filles du temps, heures, soyez légères,
Et respectez sa couronne de fleurs.

Du lilas blanc, symbole d'innocence,
Crains de ternir; enfant, le pur éclat;
Mais la nature a voulu que l'enfance,
De nos destins ignorât le débat.
Sans cette loi, qui voile ces mystères,
Qui de la vie accepterait les douleurs?
Filles du temps, soyez toujours légères,
Et respectez sa couronne de fleurs.

De la pudeur la violette est l'image :
Oh! sur ton front conserve-la toujours.
Elle embellit et nous sert d'apanage,
Ajoute encore un mystère aux amours.
Viendra le temps où les douces chimères
Te berceront de mensonge et d'erreurs;
Heures, alors, devenez bien légères,
Et respectez sa couronne de fleurs.

De l'amitié la pervenche est l'emblème;
Vois! sa couleur est celle d'un beau ciel,
Et chaque jour, dans sa bonté suprême,
Dieu sur ta lèvre en fait couler le miel.
Heureuse enfant, la plus tendre des mères
De ce trésor te garde les douceurs.
Filles du temps, passez, passez, légères,
Et respectez sa couronne de fleurs.

Sur ton chemin j'aime à suivre la trace
Que laissent voir tes petits pieds d'enfant ;
Couronne-toi , sans craindre la menace
Du noir destin qui nous guette en passant.
D'un ciel ami les anges tutélaires
Sont désormais tes puissans protecteurs.
Ah ! sur son front , heures , fuyez , légères ,
Et respectez sa couronne de fleurs.

29 mai 1844.

DÉPART DE MA MUSE.

Ah ! douleur amère !
Chanson, mon amour,
Ma Muse légère
Me fuit en ce jour.

Hélas ! dans ma vive tendresse,
Voulant t'élancer dans les airs,
Je demandais, dans mon ivresse,
Les plus doux chants, les plus beaux vers.
    Ah ! douleur amère !
    Chanson, mon amour,
    Ma Muse légère
    Me fuit en ce jour.

Voyant le luxe de la vie,
Voyant l'azur d'un si beau ciel,
Je voulus prendre, à mon envie,
Pour toi des fleurs, pour toi le miel.

Ah ! douleur amère !
Chanson , mon amour ,
Ma Muse légère
Me fuit en ce jour.

Que de parfums de poésie
Circule en flottant dans les airs !
Chanson , l'ardente jalousie
Tout haut me dit : Où sont tes vers ?
Oh ! douleur amère !
Chanson , mon amour ,
Ma Muse légère
Me fuit en ce jour.

Mais viens , le ruisseau qui murmure
Nous consolera de ces maux.
Viens , la brise légère et pure
Nous bercera dans le repos.
Va , reprends courage !
Chanson , mon amour ;
Ma Muse volage
Peut venir un jour.

Aux fleurs unissant ma prière ,
Comme elles doucement vivons ;
Demain reviendra la lumière ,
Le pur amour et les chansons.

Oui, reprends courage !
Chanson, mon amour ;
Ma Muse volage
Peut venir un jour.

Demain est l'anneau d'une chaîne
Qu'un peu de vent pourrait briser ;
Demain, c'est la vague incertaine,
Où l'espoir ne peut se poser.
Mais reprends courage !
Chanson, mon amour ;
Ma Muse volage
Peut venir ce jour.

21 juin 1841.

PHILOSOPHIE.

Ah ! loin de moi, triste philosophie,
Qui hardiment pénètre tout secret,
Explique, apprend ce mystère : la vie....
Et détruit tout à son fatal creuset.
Tu sais tarir les plus pures fontaines,
Tu sais voiler l'azur du plus beau ciel ;
Tout nous échappe, et nos mains incertaines
Brisent la coupe et répandent le miel.

Philosophie ! on te dit grande et forte,
Et tu détruis en nous livrant au sort !...
Et chaque fleur que ta main nous emporte
Nous met à nu le chemin de la mort.
Le voyageur, au milieu de l'arène,
Las de lutter pour un Dieu si cruel,
Se laisse aller à ta voix, qui l'entraîne,
Et jette au loin et la coupe et le miel.

Tu sais placer sur les écueils le phare
Pour nous montrer des abîmes sans fond ,
Et quand la peur de notre âme s'empare
Dans ton ciel noir cherche en vain l'horizon.
De désespoir on veut broyer la chaîne
Qui nous retient sur ce gouffre mortel ;
Mais le torrent , qui toujours nous entraîne ,
Brise nos mains et la coupe de miel.

Faust et Byron , vos voix savent maudire ,
Que je vous plains !... oh ! vous avez souffert !
Qui donc, hélas ! sur la sublime lyre
Vous inspira ce lugubre concert ?
Vos fiers esquifs, s'élançant sur la plaine ,
Bravent les flots et l'écueil éternel ;
Mais le torrent , qui gronde et se déchaîne ,
Emporte esquifs et la coupe et le miel.

Bercez , bercez , ô divine Espérance !
Le cœur souffrant ne sachant plus prier ;
Malgré l'écueil , donnez-lui l'assurance
Qu'il faut toujours à vous se confier.
D'un ciel ami faites qu'il se souvienne ;
L'amour bientôt, ce principe immortel ,
Fera briller l'humble sentier qui mène
Vers cette source où se puise le miel.

25 juin 1841

MA PHILOSOPHIE.

CHANTÉE A MES AMIS LE JOUR DE MA FÊTE,

14 juillet 1841.

Qui m'aime me suive ,
Voilà mon refrain.
Vive , vive , vive
Mon gai tambourin !

De fleurs , allons , qu'on se couronne ;
La mort est là qui suit nos pas ;
Avant que sa faulx nous moissonne ,
Livrons-nous aux plus doux ébats.
    Qui m'aime me suive ,
    Voilà mon refrain.
    Vive , vive , vive
    Mon gai tambourin !

La voix de mes beaux jours de fête
Sur ma lyre va retentir ;
Mais du ciel je crains la tempête :
Vite , saisissons le plaisir.

> Qui m'aime me suive,
> Voilà mon refrain.
> Vive , vive , vive
> Mon gai tambourin !

Le cœur , horloge de la vie ,
Marque la vitesse du temps ,
Et , par lui , le ciel nous convie
A bien remplir tous nos instans.

> Qui m'aime me suive ,
> Voilà mon refrain.
> Vive , vive , vive
> Mon gai tambourin !

Si la fortune , trop pressée ,
Nous oublie encore en chemin ,
Sans que notre âme en soit blessée ,
Disons-lui gaîment : A demain !

> Qui m'aime me suive ,
> Voilà mon refrain.
> Vive , vive , vive
> Mon gai tambourin !

Ah ! si du monde la science
A désenchanté vos cœurs ,
Recueillez-vous dans le silence ;
L'amour viendra sécher nos pleurs.
    Qui m'aime me suive ,
    Voilà mon refrain.
    Vive , vive , vive
    Mon gai tambourin !

Le bien qu'un peu tard Dieu me prête ,
Pour moi s'augmente en ce beau jour ;
Mes amis célèbrent ma fête ,
Du temps je bénis le retour.
    Qui m'aime me suive ,
    Voilà mon refrain.
    Vive , vive , vive
    Mon gai tambourin !

Sachez que ma philosophie
Repose sur le mot : Aimons.....
Aimer , c'est là toute la vie ;
Le reste n'est plus que chansons.
    Qui m'aime me suive ,
    Voilà mon refrain.
    Vive , vive , vive
    Mon gai tambourin !

29 juin 1841.

M. N***,

M'ENVOYANT LES OEUVRES DE M. DE PIIS.

Comme je vous l'avais promis,
Je vous envoi monsieur Piis :
C'est de l'esprit, ma chère nièce,
Que je destine à votre adresse.
Ah ! vous envoyer de l'esprit !...
Mais n'est-ce pas, comme on le dit,
Aller tout droit...., la chose est singulière,
Apporter de l'eau, de l'eau dans la rivière ;
Oui, porter de l'eau dans la rivière ?

29 juin 1841.

RÉPONSE A M. N***.

Fière du joli compliment
Que vous tournez si galamment ;
Croyant déjà d'Aganippide ,
Voir s'agiter l'onde rapide ,
Vite ! ma Muse sous le bras ,
Pour y puiser, doublons mes pas.
Mais , ô douleur ! la chose est bien certaine ;
Je n'ai pu trouver de l'eau dans la fontaine ,
Oui , trouver de l'eau dans la fontaine.

Piis , Panard , grands chansonniers !
Collé , Favart et Désaugiers !
Malgré cette source féconde ,
Qui toujours en esprit abonde ,
On voit beaucup , m'assure-t-on ,

D'auteurs patauger jusqu'au fond ,

Sans y trouver, la chose est bien certaine ,

Trouver un peu d'eau , de l'eau dans la fontaine ;

Oui , trouver de l'eau dans la fontaine.

O vous , l'apôtre et le soutien

D'Hypocrate et de Galien ,

Vous qui puisez à leur morale ,

Croyez-vous bien qu'on me signale

Du doigt la dame Faculté

Se livrant à l'impureté ?

Et que partout , la chose est bien certaine ,

Pour la relustrer, l'eau manque à la fontaine ?

Oui , vraiment , l'eau manque à la fontaine.

J'apprends aussi.... , mais parlons bas ,

Que presque tous nos avocats

Ont pris , en l'an dix-huit cent-trente ,

Ciel ! une soif si dévorante ,

Qu'ils vont partout , la coupe en main ,

Demandant qu'on y mette fin.

Et la peur vient , les chances sont certaines ,

Qu'ils mettent à sec , oui , toutes nos fontaines ;

A sec , oui , toutes nos fontaines.

Mais où m'entraîne mon dépit ?

Nous le savons : trop parler nuit.

Où va s'égarer ma cervelle ?
Je n'aurai pas pour ma nacelle
Assez de flots , je le vois bien ,
Pour faire un jour le noir chemin.
Le ciel là-bas , la chose est bien certaine ,
Nous promet à tous de l'eau dans la fontaine ;
Oui , toujours de l'eau dans la fontaine.

3 juillet 1841 .

RÉPONSE DE M. N***.

Je veux encor faire un couplet :
Vous voyez que je m'émancipe ,
Car la fontaine Saint-Projet
N'est pas la fontaine Aganippe.
Vous le savez , j'en suis certain ;
Mais l'épigramme vous entraîne :
A moi , qui n'aime que le vin ,
Vous allez , par un gai refrain ,
Exprès me parler de fontaine.

Le nom du Permesse est bien beau ,
Celui du Lété fort passable ;
Mais , enfin , il est question d'eau ,
Le vin n'est-il pas préférable ?
Parlez-moi donc , à l'avenir ,

De Bacchus et du vieux Silène,
De Vénus pour le souvenir,
Quelquefois pour le repentir ;
Mais ne me parlez plus de fontaine.

Comme certain monsieur Vautour,
Je suis souvent à ma fenêtre ;
Mais, à vous parler sans détour,
Je vais renoncer à m'y mettre ;
Car, que vois-je soir et matin,
Lorsque mon regard se promène ?
Observez les coups du destin,
Et prenez part à mon chagrin :
Je vois, tout juste, une fontaine.

6 juillet 1844.

A LUI.

Redis tes chants pleins d'harmonie !
Mon âme comprend tes accords :
Le doute et l'amère ironie
Ont, pour jamais, quitté ces bords.
Et, comme toi, loin de l'orage,
Jeune poëte, au cœur de feu,
J'ai retrouvé, sur cette plage,
Un cœur, la solitude et Dieu.

Le ciel, dans sa bonté suprême,
A dit : Aimez ; voilà ma loi ;
Et mon cœur en disant : Je t'aime !
Dans ton amour a mis sa foi.

Et, comme toi, fuyant l'orage,
Jeune poète, au cœur de feu,
J'ai retrouvé, sur cette plage,
Un cœur, la solitude et Dieu.

Ici la triste vigilance,
Gardien qu'on appelle raison,
Me laisse en paix, dans le silence,
Admirer ce vaste horizon.
Venez, amis! mon frais ombrage
Vous bercera sous mon ciel bleu;
Vous trouverez, sur cette plage,
Mon cœur, la solitude et Dieu.

Dieu! quand mon âme à la lumière
Remontera vers d'autres cieux,
Verrai-je encor, sur cette terre,
Si ceux que j'aime sont heureux?
En tes bontés je prends courage,
J'attends paisible dans ce lieu,
Car j'ai trouvé, sur cette plage,
Un cœur, la solitude et Dieu.

Viens avec moi, la nuit s'avance,
******* le cygne va chanter;
Des nuits il aime le silence;
Viens près d'******* pour l'écouter.

Et vous.... fuyez, sombres orages,
Et du poète, au cœur de feu,
Laissez redire au doux rivage :
Le cœur, la solitude et Dieu.

8 juillet 1844.

VIVE LE CHAMPAGNE !

POUR UNE RÉUNION INTIME

OU CHACUN DEVAIT CHANTER LE CHAMPAGNE.

15 août 1841.

Vive, vive le champagne !
Remplissez jusques aux bords !
Son esprit partout me gagne....
Dieu ! quel délire ! Ah ! quels transports !

Jusqu'à présent de Galilée
Je goûtais fort peu les leçons ;
Au bon sens je suis rappelée,
Car je vois bien que nous tournons.

Vive, vive le champagne !
Remplisssez jusques aux bords !
Son esprit partout me gagne.....
Dieu ! quel délire ! Ah ! quels transports !

De tout savoir toujours avide,
J'ai fouillé la physique à fond ;
Pourtant je n'ai compris le vide
Qu'en vidant mon léger flacon.
  Vive, vive le champagne !
  Remplissez jusques aux bords !
  Son esprit partout me gagne....
Dieu ! quel délire ! Ah ! quels transports !

L'un dispute pour Lamartine,
L'autre pour le poète Hugo ;
En buvant, ma Muse s'incline,
Tour-à-tour, devant leur drapeau.
  Vive, vive le champagne !
  Remplissez jusques aux bords !
  Son esprit partout me gagne....
Dieu ! quel délire ! Ah ! quels transports !

On me dit que de sombres voiles
Cachent partout notre avenir ;
Mais je ne vois que des étoiles :
Sans crainte fêtons le plaisir.

Vive , vive le champagne ! .
Remplissez jusques aux bords !
Son esprit partout me gagne....
Dieu ! quel délire ! Ah ! quels transports !

On frappe même l'innocence ,
Si ses pieds viennent à glisser.
L'aï donne de l'indulgence
Pour tout ce qui peut chanceler.
Vive , vive le champagne !
Remplissez jusques aux bords !
Son esprit partout me gagne....
Dieu ! quel délire ! Ah ! quels transports !

On dit : La lueur passagère
De nos jours peut finir demain ;
Aujourd'hui qu'elle nous éclaire,
Nous bénirons notre destin.
Vive , vive le champagne !
Remplissez jusques aux bords !
Son esprit partout me gagne....
Dieu ! quel délire ! Ah ! quels transports !

Chanter et boire le champagne
Perd une femme, nous dit-on.....
Ah ! messieurs , priez qu'on m'épargne
En faveur de l'intention.

Vive, vive le champagne !
Remplissez jusques aux bords !
Son esprit partout me gagne....
Dieu ! quel délire ! Ah ! quels transports !

Le siècle à boire vous entraîne ;
Vous suivre est pour nous un besoin ;
Vous laisser seuls, j'en suis certaine,
La conséquence irait trop loin.
  Vive, vive le champagne !
  Remplissez jusques aux bords !
  Son esprit partout me gagne....
Dieu ! quel délire ! Ah ! quels transports !

Remplissez donc gaîment mon verre,
Et pardonnez à ma chanson.
Quand mon pied quittera la terre,
J'irai redire au vieux Pluton :
  Vive, vive le champagne !
  Remplissez jusques aux bords !
  Son esprit partout me gagne....
Dieu ! quel délire ! Ah ! quels transports !

25 juillet 1841.

LE GRAND FORMAT.

PLAISANTERIE A PROPOS DE CE MOT,

EN OFFRANT, A CELLE QUI L'AVAIT DIT, UN PETIT VOLUME IN-18.

15 août 1841.

Je veux, de peur de l'oublier,
Oui, mettre à sec mon encrier,
Et que ma plume infatigable
Raconte, d'une voix aimable,
Qu'une femme, au goût délicat,
Préfère à tout *le grand format*.

Virgile aimait un papillon ,
Piis nous a chanté le rond ,
Alexandre aimait Bucéphale ;
Mais tant d'amour , en rien n'égale
Le goût de ce cœur délicat
Pour le séduisant *grand format.*

Un in-douze , un in-dix-huit ,
Ne peut suffire à son esprit ;
Elle est avide de science ,
Et ne choisit, en conséquence ,
Pour plaire à son goût délicat ,
Que les livres à *grand format.*

Que vois-je ? ô ciel ! vous pâlissez ,
Pauvres auteurs ! vous frémissez !
En vain vous offrez , sous les roses ,
Ce livre plein de belles choses ;
Vous voilà tous échec et mat ,
Puisqu'il n'est pas du *grand format.*

Daignez pourtant le recevoir ,
Belle lionne , en ce beau soir.
Et puis , voyez sa gentillesse !
L'aimer un peu n'est point faiblesse ;
Car , sur son front , avec éclat ,
On lit ces mots : *Au grand format.*

POESIES.

Ne craignez plus pareil malheur ,
Car ma Muse, du meilleur cœur ,
Va se charger d'apprendre au monde ,
Si le ciel un peu la seconde ,
Qu'à votre esprit , si délicat ,
Il faut toujours *le grand format.*

28 juillet 1841.

A MON AMIE *****,

POUR LE JOUR DE SA FÊTE (SAINTE-MARIE).

15 août 1841.

Le temps jaloux en vain s'empresse
A me jeter de nombreux jours ;
Ce poids dépouille ma jeunesse,
Sans faner mes chères amours.
Et tu verras **** fidèle,
Chaque retour, pour te fêter,
Cueillir toujours rose nouvelle,
Et rester jeune pour t'aimer.

Quand l'aquilon et les orages
Dévastaient tout sur mon chemin,

Et que l'espoir, aux doux mirages,
Fuyait, sous un ciel plus serein,
Ta voix, à l'amitié fidèle,
Venait toujours me ranimer.
Mon cœur a gardé l'étincelle
Qui le rend jeune pour t'aimer.

Mais une brise parfumée
A remplacé les noirs autans;
Autour de moi, l'onde calmée
Reflète encor fleurs de printemps;
Et ton **** toujours fidèle,
Chaque retour, pour te fêter,
Pourra cueillir rose nouvelle,
Et rester jeune pour t'aimer.

Les fleurs, les chants, Sainte Marie!
S'élèvent partout dans les airs;
A deux genoux, pour mon amie,
Je viens m'unir à ces concerts.
Laissez à l'amitié fidèle,
Chaque retour, pour la fêter,
Toujours une rose nouvelle,
Et mon cœur jeune pour l'aimer.

7 août 1841.

A MON AMIE ******,

POUR LE JOUR DE SA FÊTE (SAINTE-MARIE).

15 août 1841.

Partout l'airain frémit,
Partout la fleur se tresse,
Et partout l'allégresse
Dans les cœurs chante et rit :
Marie est le grand jour, fête que Dieu bénit ;
Jour de tendres prières
A la Mère des mères.
Remontez vers les cieux,
O doux chants de ma lyre !
Vierge, exaucez mes vœux,
Et daignez me sourire !

Penche ton divin front
Sur celle qui m'est chère ;
Car la vie est amère,
Et le malheur bien prompt:
Eloigne de son cœur le doute si fécond
Ah ! garde sa couronne
Sous ton ciel qui rayonne.
Remontez vers les cieux,
O doux chants de ma lyre !
Vierge, exaucez mes vœux,
Et daignez me sourire !

Etoile du matin,
Guide ma jeune amie :
Le sentier de la vie
Est rude au pélerin ;
La douleur va partout s'asseoir sur son chemin,
Et flétrit chaque rose,
Hélas ! à peine éclose.
Remontez vers les cieux,
O doux chants de ma lyre !
Vierge, exaucez mes vœux,
Et daignez me sourire !

Et toujours pour ma sœur,
Rose mystérieuse,
Que l'heure voyageuse

Lui verse le bonheur ;
Que la brise, à ta voix, sur son front si penseur,
Laisse de ta corolle
Le parfum qui console.
Remontez vers les cieux,
O doux chants de ma lyre !
Vierge, exaucez mes vœux,
Et daignez me sourire !

Sur l'aile d'Uriel,
Oui, Dieu plaça pour elle
L'âme de son Angèle.
Habitante du ciel,
Vierge, mettez l'enfant sous l'égide éternel,
Et gardez à sa mère
Ce rayon de lumière.
Remontez vers les cieux,
O doux chants de ma lyre !
Vierge, exaucez mes vœux,
Et daignez me sourire !

Que la douce gaîté
Préside à cette fête.
De fleurs ornons sa tête ;
Célébrons sa bonté ;
Et que nos cœurs unis, par le temps emporté,
Nous dépose au rivage

Où va dormir le sage.
Remontez vers les cieux ,
O doux chants de ma lyre !
Vierge , exaucez mes vœux ,
Et daignez me sourire !

8 août 1844 .

AU SILENCE.

Calme enchanteur, mystérieux silence !
Viens me bercer, m'enivrer tour-à-tour.
Sur tes soupirs quand mon âme s'élance,
Je comprends mieux et le cœur et l'amour.
Tout bruit s'éteint, et l'ardente pensée
Semble du ciel deviner le secret.
Viens à ma voix ; que ton aile empressée
M'emporte encor jusqu'au sacré sommet !

Je n'entends plus, dans l'extase divine,
Que mon amour dans mes veines courir,
Le bruit du cœur qui bat dans ma poitrine ;
Je sens la vie et je me sens mourir.
Mais tout s'éclaire, et l'ardente pensée
Semble du ciel entrevoir le secret.
Viens à ma voix ; sur ton aile bercée,
Emporte-moi jusqu'au sacré sommet !

Que vois-je ? ô ciel ! délicieux mirage !...
La poésie, aux regards enivrans,
Se balancer sur un brillant nuage,
En répétant de sublimes accens.
Et tout grandit, et l'ardente pensée
Semble du ciel comprendre le secret.
Viens à ma voix ; sur ton aile bercée,
Emporte-moi jusqu'au sacré sommet !

A ces accords de la nature entière,
J'ai vu la vie, en serpentant, monter
Vers ce soleil, dont l'ardente lumière,
Féconde, attire, et sait tout aimanter.
Mais, ô mon Dieu ! ma brûlante pensée
Ne peut, hélas ! deviner ton secret.
Ah ! pour prier, de ton aile empressée,
Emporte-moi jusqu'au sacré sommet !

21 août 1841.

UN SOUVENIR.

AUX ÉPOUX T***.

Sur les ailes des vents ,
Oh ! pars , ma jeune Muse.
J'ai peur que l'on t'accuse
D'un oubli dans tes chants.
Vole , vole vers eux ! que tes tendres accens ,
De ma reconnaissance
Leur donnent l'assurance !
Et redis à leur cœur
Que du temps la vitesse
Peut encor du bonheur
Leur ramener l'ivresse.

L'amertume et les pleurs
Desséchèrent ma vie,
Et près de R*****
J'oubliais mes douleurs.
Ah! de ces doux momens j'ai recueilli les fleurs,
Et gardé dans mon âme
De l'amitié la flamme.
Muse, dis à leur cœur
Que du temps la vitesse
Peut encor du bonheur
Leur ramener l'ivresse.

Du livre des destins
J'aime à revoir la page
Où se lit le passage
De nos soirs si sereins.
Que les ailes du temps effaçaient de chagrins
Et tarissaient de larmes!
Souvenirs pleins de charmes!
Muse, dis à leur cœur
Que du temps la vitesse
Pourra de ce bonheur
Nous ramener l'ivresse.

Une voix vers les cieux,
Quand j'offre ma prière,
Dit à mon cœur : Espère!

Ils seront tous heureux !
Mon soleil est bien doux , mon ciel harmonieux ;
  Mais , ô bonté suprême !
  Placez-y ceux que j'aime.
  Muse, dis en ce jour
  Que , du ciel messagère ,
  Tu viens , avec amour ,
  Redire : Espère ! espère !....

     22 août 1841.

LE ROSSIGNOL.

Quand la main d'un nouveau printemps
Déroule, sous nos frais ombrages,
Berceaux de fleurs, réduits charmans,
Lits de gazon, dans nos bocages ;
Soudain, dans la plaine des airs
Et sur les ailes du Zéphire,
Revient le barde et ses concerts.
Adieu la rigueur des hivers !
Le rossignol chante et soupire.

Quand, dans le silence des nuits,
De votre cœur sondant l'abîme,
Vous trouvez les sombres ennuis
Et la douleur qui vous opprime,
Ecoutez les divins accens
Que vous apporte le Zéphire ;

Bientôt, de ses bras caressans,
L'espoir bercera vos tourmens :
Le rossignol chante et soupire.

Quand l'astre aux reflets amoureux
Revient caresser la nature,
De la terre les doux aveux
S'élèvent comme un doux murmure.
Pour s'initier à l'hymne saint,
Ecoutez trembler le Zéphire ;
Ecoutez le concert divin,
Tendres accords d'un séraphin :
Le rossignol chante et soupire.

Ma lyre vient de tressaillir ;
L'air, qui l'effleure et la caresse,
Plein de parfum, de souvenir,
Plonge mon âme dans l'ivresse.
Premier baiser !... premier serment !...
Mais, ciel ! d'où vient que le Zéphire
Ramène à mon cœur frémissant
L'heure d'un souvenir brûlant ?
Le rossignol chante et soupire.

Quand l'ange au vol mystérieux
Viendra pour effeuiller ma vie,
Et que, doucement vers les cieux,

J'irai dans ces flots d'harmonie ,
Un moment encor sur ton sein
Rappelle pour moi le Zéphire ,
Et redis , ô barde divin !
Et ma prière et mon refrain.
O rossignol ! chante et soupire !

26 août 1841.

AUJOURD'HUI.

On vient, d'une voix douce et tendre,
Chanter les dangers des retards.
Bonheur remis, où le reprendre ?
Il fuit, il fuit à nos regards.
Mais le destin prend sa revanche ;
Adieu, regret ; partez, ennui !
Goutons la gaîté la plus franche ;
Car le bonheur, c'est aujourd'hui.

A cette table hospitalière
Nous sommes venus te fêter ;
Notre gaîté fut éphémère,
L'absence vint nous attrister.
Mais l'amitié prend sa revanche :
Fêtons le retour d'un ami ;
Goutons la gaîté la plus franche ;
Car le bonheur, c'est aujourd'hui.

Hier est l'étroit et noir passage
Où s'engloutit bonheur, repos ;
Mais sur l'onde toujours surnage
Demain pour réparer nos maux.
Et ce demain, comme une branche,
Au gré des flots souvent a fui.
Amis, prenons une revanche ;
Car le bonheur, c'est aujourd'hui.

A ce banquet, douceur extrême !
Que je me plais à vous compter !
Chaque regard sait dire : J'aime.
Que je me plais à vous chanter !
Ah ! quand mon cœur vers vous s'épanche,
Un doux rayon toujours a lui ;
Pour vous l'amitié la plus franche
M'animait hier comme aujourd'hui.

Grave penseur, convive aimable,
Là-bas on vous vit, tour-à-tour,
Sabler la liqueur délectable,
Admirer un Dieu tout amour.
Vous nous devez une revanche :
Un cœur sans vous connut l'ennui.
Vite ! donnez, le temps se penche
Et prend le rayon d'aujourd'hui.

9 septembre 1841.

VIVE LA CHANSONNETTE!

Par la chanson,
Du double mont
Nous fîmes la conquête ;
Par la chanson, par son refrain,
Le méchant eut un frein ;
Car, bien souvent, mieux que sermons,
Elle frappe par ses flons flons.
Vive la chansonnette !
La chansonnette !

L'histoire dit,
Bien bas, sans bruit,
De peur qu'on s'en inquiète,
Qu'une reine, avec Mazarin,
Nous fit Louis dauphin.
Et ce bienfait, sans la chanson,
Se cachait derrière un blason.

Vive la chansonnette !
La chansonnette !

Le droit divin,
Il est certain,
N'y mit pas sa recette.
N'importe, enfin, sans cette loi,
La France eut un grand roi ;
Mais bientôt revint la chanson,
Frappant la cour et Maintenon.
Vive la chansonnette !
La chansonnette !

Par la chanson,
De chez Ninon,
L'écho pour nous répète
De ses soupers épicuriens
L'esprit des gais refrains.
D'Albret, Condé, Saint-Evremont,
Prirent son cœur par leur flon flon.
Vive la chansonnette !
La chansonnette !

Profond Panard,
Joyeux Favart,
A rire qu'on s'apprête !
Sur nos vices, sur nos travers,

Que j'aime vos concerts !
Plus d'un cafard , plus d'un fripon ,
Fut démasqué par un flon flon.
   Vive la chansonnette !
     La chansonnette !

Le genre humain ,
  Au mal enclin ,
  Revient sur la sellette ;
Malgré les chants de Béranger ,
  Son cœur n'a pu changer.
Mais sa Lisette et ses chansons
Nous consolent par leurs flons flons.
   Vive la chansonnette !
     La chansonnette !

Et , de nos jours
  Suivant le cours ,
  Notre pauvre planète ,
Lasse de tourner , peut finir ;
  Il nous faudra partir.
Mais , jusque-là , chantons , aimons ;
Ensemble toujours répétons :
   Vive la chansonnette !
     La chansonnette !

12 septembre 1841.

L'ABSENCE.

A MON AMIE ★★★★★,

PARTIE POUR RENNEBOURG LE 15 SEPTEMBRE 1841.

Comme un songe léger, l'esquif a fui la plage,
Et le temps, empressé, t'enlève à notre amour.
Dans mon heureux Eden je cherche ton image,
Et demande déjà les douceurs du retour.
            Pardonne mes regrets,
            Ils partent de mon âme!
            L'amitié te réclame,
            Ne me quitte jamais.

L'absence, au front glacial, épouvante les Heures,
Et leurs regards inquiets accompagnent mes pas.
Pour te trouver, vois-les courant dans nos demeures,
T'appeler tout le jour... mais tu ne réponds pas !

Écoute mes regrets,
Ils viennent de mon âme !
L'amitié te réclame,
Ne me quitte jamais.

Que j'aime de ton cœur la grâce et la noblesse !
Un charme impérieux m'enchaîne à ton côté ;
Dans ton regard profond quelle douce tendresse !
Sur tes lèvres toujours descend la vérité.

Ah ! comprends mes regrets,
Ils remplissent mon âme !
L'amitié te réclame,
Ne me quitte jamais.

De ta voix qui séduit, une note plaintive
Soupire près de moi, fait tressaillir mon cœur ;
Et j'écoute, et partout mon oreille attentive
Croit l'entendre toujours ; mais, hélas ! quelle erreur !

Et je sens mes regrets,
Qui pleurent dans mon âme !
L'amitié te réclame,
Ne me quitte jamais.

Allez, doux souvenirs, d'une voix empressée ;
De la tendre amitié redites les douceurs ;
Bercez, par vos accens, toute noire pensée ;
Effeuillez sous ses pas et le myrte et les fleurs.

6

Mais je sens mes regrets
Redoubler dans mon âme !
L'amitié te réclame ,
Ne me quitte jamais.

Ah! sur ces jours aimés, Seigneur, daigne répandre
Et la manne céleste et l'amour de ton sein !
Donne, donne à ma sœur ! jamais âme plus tendre
Ne mérita sa part de ce trésor divin.

    Echo, redis mes chants
    A ma sœur bien-aimée ;
    Que, par ta voix charmée,
    Elle pense aux absens !

17 septembre 1841.

LE SOUVENIR.

Le souvenir, aux ailes diaprées ,
Flotte à mes yeux sur l'abîme des temps ,
Et du passé les heures colorées
Ont dispersé la nuit sombre des ans.
O souvenir ! sous ma tente légère ,
Viens !.... sur mon front l'aquilon a passé.
A mon rayon viens mêler ta lumière ,
Et redis-moi les doux chants du passé.

Je vous revois , ô mes jeunes années !
Où chaque soir , dans le temple divin ,
Me ramenaient les heures fortunées
Que me comptait un avare destin.
Que de transports ! quelle sainte prière !
Le doute , hélas ! de son souffle a glacé ;

Mais je reviens prier au sanctuaire :
Mon cœur est plein de la foi du passé.

Oui , du ruisseau j'entends le pur langage ;
Je vois l'abeille au calice des fleurs ;
Et cette voix , qui meurt dans le feuillage ,
Ramène encor mes songes enchanteurs.
Espoir , désir , doux rêve , saint mystère ,
Fut au matin par le vent dispersé.
Mais une voix me dit un jour : Espère !
Et le bonheur console mon passé.

Ah ! que de fois , sous ton feuillage sombre ,
Lieux que j'aimais [1] ! j'ai sondé l'avenir.
A mon soleil voyant sans cesse une ombre ,
Combien de fois ai-je voulu mourir !
Il me semblait qu'au bonheur étrangère ,
Jamais un cœur , à mon cœur fiancé ,
Ne me dirait ce mot qui sur la terre
Fait pour toujours rayonner le passé.

Que je me plais à revoir mon jeune âge ,
A remonter le fleuve de mes jours !
J'ai répandu , le long de son rivage ,
Des fleurs qui vont en parfumer le cours.

[1] Gradignan.

Ah ! quand la mort, de sa bouche sévère,
M'endormira par son baiser glacé,
A mon amant si ta voix reste chère,
Doux souvenir, parle-lui du passé !

29 septembre 1841.

PRIEZ POUR MOI :

Dans ma nacelle, l'autre soir,
Glissant sur l'onde transparente,
Je mêlais à la brise errante
Mes chants d'amour, mes chants d'espoir.
L'écho, qui soupire au rivage,
Vint me remplir d'un triste émoi ;
Car il disait, d'un ton d'effroi,
Ces mots, qui mouraient sur la plage :
Je souffre, hélas ! priez pour moi !

L'écho n'a pu me révéler
Le nom de cette âme souffrante ;
Mais, à sa voix douce et tremblante,
C'est une femme à consoler.
Seigneur, apaise la tempête

Qui remplit cette âme d'effroi ;
En ton amour je mets ma foi ;
De ton aile couvre sa tête.
L'écho redit : *Priez pour moi !*

Seigneur, pourquoi tant de combats ?
Souffrir est la part de ce monde ;
Mais le malheur toujours féconde
Pleurs et regrets sous tous nos pas.
Pitié, mon Dieu ! que ta tendresse
Calme son âme et son effroi !
Elle a tourné les yeux vers toi ,
Entends le cri de sa détresse :
Je souffre, hélas ! priez pour moi !

Et sur ce chemin dangereux ,
Seigneur, où la mort est le terme ,
Ah ! du bonheur sème le germe ,
Et que l'espoir brille à ses yeux !
Exauce, exauce ma prière !
En ton amour j'ai mis ma foi.
Loin de ces bords bannis l'effroi ,
Fais cesser cette plainte amère :
Je souffre, hélas ! priez pour moi !

5 octobre 1841.

DÉDIÉE A J******.

Que j'aime tes accords sublimes [1]
Ton rhythme pur, harmonieux !
Du cœur tu sondes les abîmes ;
Tes hymnes reflètent les cieux.
J'ai recueilli, dans mon ivresse,
Ce chant, par ton luth répété :
Que, sans le cœur, sans la tendresse,
Tout est mensonge et vanité.

Le temps décide de la vie ;
Hâtons-nous, car il peut demain,
Parcourant la plaine infinie,
Nous moissonner dès le matin.

[1] M. de Lamartine.

Du froid orgueil, qui nous oppresse,
Fuyons la triste aridité.
Ah ! sans le cœur, sans la tendresse ,
Tout est mensonge et vanité.

Ne croyons plus à la science
D'un savoir toujours incomplet.
Chaque siècle a vu sa croyance
A l'erreur servir de jouet.
Aimer, c'est la seule sagesse ;
Aimer, la seule vérité.
Ah ! sans le cœur, sans la tendresse ,
Tout est mensonge et vanité.

Ah ! quand d'un cœur part la lumière
Qui fait briller un nouveau jour,
Notre âme s'emplit de mystère,
De parfum, d'espoir et d'amour !
Quand vient le soir, notre vieillesse
Se réchauffe à cette clarté,
Et nous disons : *Sans la tendresse,*
Tout est mensonge et vanité.

Goûtons les minutes données ;
Ne creusons plus le mot toujours ;
Laissons dormir nos destinées,
Aux flots murmurans de nos jours.

Aimons beaucoup : c'est la promesse
D'un ciel rayonnant de bonté :
Et répétons : *Sans la tendresse*,
Tout est mensonge et vanité.

Des plaisirs la troupe légère,
Et de ce monde les faux dieux,
Peuvent, d'un pouvoir éphémère.
Voiler le bonheur à nos yeux.
Mais, J******, de cette ivresse
Le cœur est bientôt dégoûté;
Et l'amant dit : *Sans la tendresse*,
Tout est mensonge et vanité.

29 octobre 1841.

L'ANNIVERSAIRE.

L'heure a sonné ; vois, mon bouquet s'apprête ;
A chaque fleur je confie un baiser.
Viens, près de moi, célébrer cette fête.
Viens sur mon cœur un moment te poser.
Ton frais printemps fut marqué d'une ride,
Mais au regret ne livre plus ton cœur ;
Le temps revient, et son aile rapide
Effacera chaque trace de pleur.

Vois que de fleurs à l'arbre de la vie !
Le fruit doré partout s'offre à tes yeux ;
N'entends-tu pas tous ces flots d'harmonie ?
Regarde au loin ce rayon lumineux ;
Jusqu'à tes pieds le fleuve d'espérance
Vient murmurer un mot consolateur.
Oh ! vois, ma sœur, un nouvel an commence
Pour effacer chaque trace de pleur.

Que je voudrais, hélas ! ma jeune amie,
De la douleur emprisonner le cours ;
Rendre à ton cœur, à ton âme flétrie,
Le pur rayon qui fait nos meilleurs jours !
Mais, je le crois, les roses de ton âge
Vont refleurir au souffle du bonheur ;
Le temps revient, pour conjurer l'orage,
Et de ses doigts effacer chaque pleur.

A l'aquilon, qui tourmente et te penche,
Ton jeune front ne sait plus résister.
Combien de fois as-tu vu l'avalanche
Fondre sur moi, sans jamais s'arrêter ?
Courage encor ! redouble d'énergie ;
Sache braver du destin la rigueur :
Le temps revient, ô ma sœur, mon amie,
Te ramener le calme et le bonheur !

12 novembre 1841.

GOUTONS LA VOLUPTÉ.

A MES AMIS,

POUR UN DINER INTIME.

Muse, choisis, dans tes fraîches corbeilles,
Pour mes amis, des couronnes de fleurs ;
Et que ta main, sur leurs coupes vermeilles,
Répande à flots tes parfums enchanteurs.
Ah ! que le temps les berce et les repose,
Et perde un jour de sa sévérité !
Puis, sur mon luth effeuillons une rose :
Je veux chanter la douce volupté.

Du doux plaisir ne fuyons plus l'ivresse ;
Cueillons ses fleurs , un jour peut les faner ;
Ne souffrons plus que la soif , qui nous presse ,
Brûle le cœur , de peur de l'enivrer.
Dans l'avenir on croit , on se repose ;
Du présent seul le temps nous est compté.
O mes amis ! effeuillons une rose ;
Tout passe et fuit , goûtons la volupté.

Voluptueux avec délicatesse ,
Pour nos amours jamais de repentirs ;
Dans nos transports respectons la sagesse ,
Divinisons jusques à nos soupirs.
Sans cette loi , le cœur toujours repose
Sur un bonheur par l'erreur tourmenté.
O mes amis ! effeuillons une rose ,
Et savourons la douce volupté.

Prière , amour , gerbe de poésie ,
D'où se répand les parfums et le miel !
Avec transport que notre âme ravie
Boive à longs traits ce breuvage immortel !
D'une autre vie en vain la page est close ,
L'amour partout promet l'éternité.
En souriant , effeuillons une rose ;
Sans crainte , amis , goûtons la volupté.

Sur le chemin suspendons nos guirlandes ;
Apprenons-nous à mépriser la mort ;
A chaque fête apportons nos offrandes ;
Le soir viendra , nous trouverons un port.
Sur mes amis que ton aile repose,
Songe enchanteur , empreint de vérité !
Jusqu'au départ effeuillons une rose ,
Et savourons la douce volupté.

13 novembre 1841.

A LUI.

Ami, je vois déjà venir l'automne,
Flétrir la rose et pâlir l'horizon ;
Vite, prenons des fleurs pour ma couronne,
Pour mieux cacher les rides de mon front.

A chaque pas je veux saisir la branche
Qui me retient sur la pente des ans ;
Et le rameau, qui doucement se penche,
Fuit sous ma main, emporté par le temps.

Mais, à ta voix, le vol de ma pensée
A retrouvé le chemin lumineux,
Et de mon cœur, toute cendre glacée,
Par ton amour, a retrouvé ses feux.

Je vois jaillir les éclairs de la vie,
Et tous ces flots, en passant par mon cœur,
Ne trouvent plus, ô douceur infinie !
Qu'à refléter l'image du bonheur.

Oh ! laisse-moi cette coupe enchantée
Où chaque jour s'enivre ma raison !
Qu'importe, après, ma jeunesse jetée
Au dernier vent qui fane la moisson ?

Le dieu de l'or, ses faveurs décevantes,
Et les beaux-arts qui charment à leur tour,
Gloire, succès, pour les âmes aimantes,
Ne peuvent pas leur remplacer l'amour.

Il est si beau d'aimer et d'être aimée !
Oui, ce bonheur fait seul notre destin.
Ah ! quelquefois par la crainte alarmée,
J'ai peur du temps..... lui qui n'épargne rien.

Hélas ! ami, je vois venir l'automne,
Flétrir la rose et pâlir l'horizon.
Vite, des fleurs, des fleurs pour ma couronne,
Pour mieux cacher les rides de mon front !

Embellis-moi de toute ta tendresse ;
Sous tes baisers, les outrages du temps

S'effaceront....., et, dans ma douce ivresse,
Je pourrai voir refleurir mon printemps.

De notre amour, loin d'un monde frivole,
J'ai dû cacher et le temple et l'autel;
Tout se flêtrit au vent de sa parole,
Et le bonheur craint son regard mortel.

Le doute sert de base à sa morale,
La foi s'y meurt, et rien de généreux
Ne peut germer sous sa zone glaciale :
L'arbre toujours y porte un fruit véreux.

Nobles élans, saints mystères de l'âme,
Amour sacré, source du vrai bonheur !
L'air manquerait à votre pure flamme ;
Pour vous j'entends un long rire moqueur.

Fuyons, fuyons sa mortelle ironie ;
Dans mon Eden tu crois au pur amour.
Si près du cœur on comprend mieux la vie;
La foi, le ciel nous y versent le jour.

Dans ce séjour que la vie est limpide !
Que de doux chants naissent sous mon soleil !
Ah ! près de toi, le bonheur, si rapide,
Attend le jour de mon dernier sommeil !

Mais j'oubliais.... Ne vois-je pas l'automne
Flétrir la rose et pâlir l'horizon ?
Vite, des fleurs, des fleurs pour ma couronne,
Pour mieux cacher les rides de mon front.

20 novembre 1841.

GAGE DE SOUVENIR.

OFFRANT A ****** LE PORTRAIT D'ANGÈLE DANS UN LIS,

le 31 décembre 1841.

Avant qu'elle soit née
Sous les ailes du temps,
De la nouvelle année
On offre les présens.
Mon âme, à cet usage
Heureuse d'obéir,
Vient te donner le gage
D'un tendre souvenir.

Souris, petite Angèle,
Pour embellir ce jour.

Au ciel offre pour elle,
    Toujours pour elle,
Nos vœux et notre amour.

Pour peindre ma pensée,
Pour expliquer mon cœur,
Ma main s'est empressée
A choisir cette fleur :
Du lis, la pure image,
Quand le sein va s'ouvrir,
Tu trouveras le gage
D'un tendre souvenir.

Souris, petite Angèle,
Pour embellir ce jour.
Au ciel offre pour elle,
    Toujours pour elle,
Nos vœux et notre amour.

Sous sa blanche corolle,
Un ange te sourit ;
Ange pur, qui console,
Que Dieu, pour toi, bénit.
Et toujours, quand l'orage
Viendra pour t'assaillir,
Sur ton sein mets le gage
D'un tendre souvenir.

Souris , petite Angèle ,
Pour embellir ce jour.
Au ciel offre pour elle ,
  Toujours pour elle ,
Nos vœux et notre amour.

Mais l'espoir qui m'enivre ,
Mais ce songe enchanteur ,
Me demandent , pour vivre ,
Un rayon de ton cœur.
Hélas ! sans ton suffrage ,
Ange et fleur vont mourir.
Ah ! du moins pour ce gage ,
Ma sœur , un souvenir !

Souris , petite Angèle ,
Pour embellir ce jour.
Au ciel offre pour elle ,
  Toujours pour elle ,
Nos vœux et notre amour.

18 décembre 1841.

A MA LYRE.

Dans mon Eden, la douleur implacable
Revient encor tyranniser mes jours,
Et de sa main, qui m'oppresse et m'accable,
De mon bonheur empoisonne le cours.
Plus de concert! et ma lyre muette
Voit, chaque jour, s'effeuiller de son front
Toutes les fleurs qu'on donnait au poète,
Qui redisait sa modeste chanson.

Mais c'est en vain que la douleur me dise :
Chante, et bientôt je te verrai languir ;
Faible ruisseau, que berce encor la brise,
Un seul rayon peut, hélas ! te tarir.
Lyre, des chants! ne reste plus muette :
Le ciel partout, pour ombrager ton front,
Epand les fleurs qu'on donnait au poète,
Qui redisait ta légère chanson.

Que de baisers l'amour me garde encore !
L'ombre n'a pas voilé tout mon chemin ;
De frais sentiers ont gardé de l'aurore
Les purs rayons qui doraient mon matin.
Lyre, des chants ! ne reste plus muette ;
Ne vois-tu pas, pour parfumer ton front,
Les belles fleurs qu'on donnait au poète,
Qui redisait ta plus douce chanson ?

Autour de moi que de soins, de tendresse !
Oh ! que d'amour versé sur mes douleurs !
A chaque pas, une voix, qui caresse,
Calme mes maux et vient sécher mes pleurs.
Pour la bénir ne sois jamais muette,
Lyre, et bientôt je mettrai sur ton front
Toutes les fleurs qu'on donnait au poète,
Qui redisait ta plus tendre chanson.

Que tes accords font de bien à mon âme !
En t'écoutant, un monde harmonieux
Passe et revient, et son aile de flamme
Reflète en moi les chauds rayons des cieux.
Si c'est mourir, ne reste plus muette,
Lyre, des chants ! et les fleurs de ton front
Sauront charmer les douleurs du poète,
Qui redira ta dernière chanson.

18 mai 1842.

JE NE VEUX PAS MOURIR!

DANS UNE NUIT TRÈS DOULOUREUSE.

Le sommeil fuit, et ma lourde paupière
Essaye en vain de clore mon regard ;
Sourd à ma voix , dédaignant ma prière ,
Il m'apparaît , mais bientôt il repart.
Comment , hélas! languissante , affaiblie ,
Contre le mal lutter et me raidir ?
Pitié , Seigneur! ah! je tiens à la vie ,
Je suis aimée et ne veux pas mourir.

Suivant l'avis d'une docte science ,
Au sein des monts , sous un ciel bienfaiteur ,
Je vais trouver , quelle douce espérance !
Le feu divin qui s'enfuit de mon cœur.

Mais, pour aller vers ce puissant génie,
Mes pas tremblans pourront-ils accourir?
Pitié, Seigneur ! ah! je tiens à la vie,
Je suis aimée et ne veux pas mourir.

En vain l'espoir, sur ses ailes brillantes,
M'emporte aux pieds de ces rochers divins ;
En vain j'entends leurs sources bouillonnantes;
Mon cœur inquiet voit pâlir mes destins.
Et, chaque nuit, ma cruelle insomnie
Penche mon front et voile l'avenir.
Pitié, Seigneur ! ah ! je tiens à la vie,
Je suis aimée et ne veux pas mourir.

De la douleur voulant briser la chaîne,
En vains efforts je m'affaiblis, hélas !
Fuyons, j'ai peur... vois sa main qui m'entraîne!
Ami, partons... guide et soutiens mes pas.
Près de ces monts, bravant sa tyrannie,
Je pourrai voir mes beaux jours refleurir.
Vite, fuyons... ah! je tiens à la vie!
Ami, pour toi, je ne veux pas mourir.

A MES AMIS.

Amis, adieu ! je sens couler mes larmes,
Prête à quitter vos si doux entretiens.

Pour mes douleurs que de soins, que d'alarmes !
De tant d'amour , allez , je me souviens.
Toujours sur vous ma tendre rêverie
Avec transport viendra se recueillir.
Pour vous aimer, je vais chercher la vie.
Priez pour moi !... je ne veux pas mourir.

5 juin 1842.

L'HEUREUX VOYAGE.

ANNIVERSAIRE DE LA NAISSANCE D'ANGÈLE.

14 juin 1842.

Je vois la brise parfumée
  Ramener un nouveau printemps ;
  C'est par les fleurs, Angèle aimée,
  Que le ciel nous compte tes ans.
  Esquif léger, loin de l'orage,
  J'ai vu commencer ton destin.
  Poursuis, poursuis l'heureux voyage,
Sous le regard de ton ange gardien.

  Non, jamais, dans sa blanche voile,
  Ne soufflera la folle erreur.

Le nautonnier suivra l'étoile
Qui doit le guider au bonheur.
Aux bords fleuris d'un frais rivage,
Le ciel a tracé son chemin ;
Poursuis gaîment l'heureux voyage,
Sous le regard de ton ange gardien.

Le flot [1] qui t'aime et te caresse,
Te berce par de doux concerts ;
Mais le reflux pousse, sans cesse,
Son cours sous le ciel des hivers ;
Bien tendrement fuyant la plage,
Sans attrister ton gai chemin,
Il demande, pour ton voyage,
Tous les regards de ton ange gardien.

Du midi la chaleur brûlante
Ne peut faner ton jeune front ;
Toujours une aile caressante
Te voilera l'âpre rayon.
Le ciel a mis dans ton breuvage
Des abeilles le doux butin.
Enfant, poursuis l'heureux voyage,
Sous le regard de ton ange gardien.

[1] La grand'maman.

De tant d'amour sur cette terre
Qui donc te protège en tout lieu?
Enfant, c'est le cœur d'une mère,
Où s'épanche un regard de Dieu.
Et quand le soir, vers le rivage,
Tu reverras ton frais chemin,
Tu béniras l'heureux voyage,
Aux pieds chéris du bon ange gardien.

A ******

Oubliant ma douleur cruelle,
Mon cœur, pour payer son tribut,
A préludé, pour ton Angèle,
Quelques chants sur mon faible luth.
Las!... de mon aile le plumage
Tombe sous les coups du destin [1];
Mais j'ai suivi l'heureux voyage,
Pour un regard du bon ange gardien.

12 juin 1842.

---

[1] J'étais gravement malade.

FIN.

TABLE.

FIN DE LA TABLE.

www.ingramcontent.com/pod-product-compliance
Lightning Source LLC
Chambersburg PA
CBHW060825250626
47162CB00005B/1952